FLÁVIA MUNIZ

Fantasmagorias

1ª edição

São Paulo

Moderna

COORDENAÇÃO EDITORIAL Maristela Petrili de Almeida Leite
EDIÇÃO DE TEXTO Carolina Leite de Souza
COORDENAÇÃO DE PRODUÇÃO GRÁFICA Dalva Fumiko
COORDENAÇÃO DE REVISÃO Elaine Cristina del Nero
REVISÃO Patrícia Murari
EDIÇÃO DE ARTE Camila Fiorenza
PROJETO GRÁFICO E ILUSTRAÇÕES Carlos Scodiero
CAPA E DIAGRAMAÇÃO Cesar Rosa
SAÍDA DE FILMES Helio P. de Souza Filho, Marcio H. Kamoto
COORDENAÇÃO DE PRODUÇÃO INDUSTRIAL Wilson Aparecido Troque
IMPRESSÃO E ACABAMENTO Corprint Gráfica e Editora Ltda.

Dados Internacionais de Catalogação na Publicação (CIP)
(Câmara Brasileira do Livro, SP, Brasil)

Muniz, Flávia
Fantasmagorias / Flávia Muniz. -- 1. ed. -- São Paulo : Moderna , 2011 . -- (Coleção veredas)

1. Literatura infantojuvenil I. Título. II. Série .
ISBN 978-85-16-07176-9

11-06367 CDD - 028.5

Índices para catálogo sistemático:
1. Literatura infantojuvenil 028.5
2. Literatura juvenil 028.5

EDITORA MODERNA LTDA.

Rua Padre Adelino, 758 - Belenzinho
São Paulo - SP - Brasil - CEP 03303-904
Vendas e Atendimento: Tel. (11) 2790-1500
Fax (11) 2790-1501
www.moderna.com.br
2011

Dedico este **Fantasmagorias** a todos os leitores de literatura fantástica que vêm sinalizando, ano após ano, com carinho e presença constantes, sua preferência por histórias de ficção, terror e fantasia.

Um brinde a vocês!

Aqui é um bom lugar para um leitor interessado

Você já ouviu alguém contar uma história assustadora ou relatar um caso surpreendente? Certas histórias populares, verídicas ou inventadas, por serem muito divulgadas, tornaram-se lendas urbanas, um tipo de folclore moderno.

Acredito que a magia dessas histórias revela-se na qualidade de permanecerem vivas em nossa memória, como ecos macabros de efeito duradouro, para alertar-nos contra perigos legítimos ou imaginários. Desse modo, enriquecem o repertório popular e ganham novos admiradores, fascinados pelo sobrenatural.

Entretanto, além das lendas urbanas que conhecemos, em território íntimo e pessoal, sobrevivem crenças, suspeitas e medos inexplicáveis que coabitam a mente como indesejadas companhias. Tornam-se o que chamo de **fantasmagorias**, projeções de pensamentos que nos assombram, a cada um de nós de modo único e especial.

Aqui você encontrará **13** histórias para leitores dispostos a percorrer a fascinante trilha do estranhamento, viajando por cenários em que paisagens conhecidas tornam-se fantásticas, onde acontecimentos surreais são corriqueiros e criaturas grotescas batem à nossa porta, em busca de abrigo.

Fantasmagorias são contos para assombrar a alma.

Beba do poço escuro da imaginação.

Flávia Muniz

Afinal, o que são os fantasmas, senão projeções de luzes e sombras?

À sombra de Alice

Alice gostava de bisbilhotar em sebos e lojas de antiguidades. Objetos e livros usados a atraíam de forma misteriosa. No quarteirão da escola havia uma dessas casas, com peças interessantes de lugares exóticos. Apesar da fachada pequena, no interior da loja revelava-se um labirinto de saletas contínuas e incontáveis tesouros: artigos valiosos feitos a mão, antigas coleções encadernadas, delicadas bonecas orientais, sofisticados vasos chineses, bijuterias do século passado, máscaras venezianas e uma infinidade de roupas extravagantes de outras épocas.

Já estivera naquele antiquário muitas vezes, na companhia da mãe. No entanto, ao regressar da escola naquela tarde, decidiu visitá-lo uma vez mais. Espiou pela abertura da porta, mas não havia ninguém por perto. Não pôde perceber qualquer ruído ou movimentação. Ansiosa por novidades, decidiu entrar. Enquanto caminhava pela loja, seu olhar guloso passeava pelas prateleiras, à procura de novo petisco.

A caixa metálica, vermelha e dourada, logo atraiu-lhe a atenção. Não era grande nem pequena. Parecia uma lata de biscoitos antiga, com desenhos pintados à mão. Observando-a com mais atenção viu, à direita, uma portinhola com fecho, e bem acima, a pequena manivela. Na parte frontal havia uma abertura circular por onde projetava-se um tubo de metal com uma lente na extremidade.

O velho chinês apareceu de repente, sobressaltando-a. Alice quis disfarçar, mas ele logo percebeu o interesse da garota pelo objeto.

– É uma lanterna mágica – ele disse, prontamente.

– *Mágica?* – ela repetiu, com olhos brilhantes de treze anos.

– Peça antiga... Do tempo em que o cinema estava começando.

– Uma relíquia! – exclamou Alice, imitando o jeito da mãe falar.

O homem sorriu, satisfeito.

– Girando a manivela, produz-se energia e a luz no interior da caixa se acende. Por esta abertura, projetam-se as imagens na parede – ele explicou.

Alice não disse nada, mas sentiu uma comichão no peito.

– Que tipo de imagens? – ela quis saber.

– Não sei, nunca usei. Mas disseram-me que pertencia a um mago daquela época, um homem curioso que vivia fazendo experimentos. Dizem que ele desapareceu misteriosamente.

Alice achou graça e deduziu que o velho tinha recebido aulas de *marketing* pela internet.

– Sei. E quanto custa essa caixinha do além?

Ele a encarou com ar divertido.

– Será que você tem sorte ou azar, menina? Quer jogar o dado?

O chinês tinha essa mania. Oferecer a certos clientes o dado da sorte. Podia-se jogá-lo e obter 5, 10 ou 20 por cento de desconto no preço da peça escolhida, dividir o valor em duas vezes ou, ainda, ganhá-la como oferta da casa.

Sem nem perguntar quanto pagaria pela peça, Alice resolveu aceitar o desafio. O velho entregou-lhe o dado de marfim, com bordas desgastadas e símbolos gravados em cada face.

– Vamos ver... Sorte ou azar... – ele disse, com um sorriso.

Alice suspirou e jogou o dado sobre o aparador. Ele rolou a bateu na borda do móvel com um estalo seco. Para sua total surpresa deu estrela, "oferta da casa". Ela pulou de alegria.

O velho meneou a cabeça e arrastou-se com passos curtos até a prateleira onde estava o objeto desejado. Colocou a lanterna mágica numa sacola e entregou-a à menina. Depois, despediu-se com breve aceno.

Alice saiu correndo para casa com seu pequeno tesouro. Depois de um banho, leu seus *e-mails* no computador enquanto fazia um lanche. Depois, foi testar o brinquedo.

Com cuidado, girou a manivela. Um estalo repentino fez a portinhola abrir-se. Alice espiou por dentro da caixa e descobriu uma etiqueta amarelada, presa ao forro de veludo. Nela havia um texto escrito em caligrafia miúda e letras rebuscadas. Precisou pegar a lupa na gaveta do armário para conseguir ler a mensagem:

> *"Qualquer coisa pode ser demonstrada. Imagens alegres, tristes, horríveis, assustadoras, ou até mesmo prodigiosas, para quem desconhece as causas. É preciso ter cuidado com as sombras no vidro."*
>
> *Malevich*

Alice sentiu um arrepio. *Malevich?* Seria um aviso do mago desaparecido? Então, o chinês não mentira sobre a origem daquele objeto. A lanterna mágica parecia ser mesmo original.

"Muito bom pra ser verdade" – pensou, desconfiada.

Sentou-se diante do computador e digitou *lanterna mágica* num *site* de busca. O que descobriu não era muito diferente do que o velho lhe dissera. Objetos similares datavam do início do século 18 e eram considerados passatempos na época dos primórdios do cinema. Todos queriam ver imagens fabulosas desenhadas em vidro e projetadas numa superfície branca... pássaros na gaiola, figuras humanas e outras bobagens que distraíam o olhar.

"Era isso o que se curtia antigamente?" – ela pensou, admirada. – "Onde estariam, então, os tais vidros?"

Revirando a caixa, Alice encontrou dois deles, pintados à mão, encaixados na base. Eram desenhos comuns e pouco interessantes.

"Ainda bem que foi de graça...", concluiu, desanimada. Teve a sensação de ter sido enganada, pois o que prometia ser divertido, não passava de um truque bobo e barato. De péssimo humor, resolveu deitar-se e descansar um pouco.

Logo adormeceu, e sonhou com lugares sombrios...

Chovia, e o barulho do trovão a despertou. Alice sentou-se na cama, surpresa por ter dormido tanto tempo. Eram quase seis horas da tarde! Pegou novamente a lanterna, inconformada com o insucesso. E como mágica, o fundo falso soltou-se de repente em sua mão, e outros dois vidros caíram sobre a colcha.

Alice examinou-os com atenção redobrada. Em um dos vidros, havia a imagem de uma chave antiga, com estranhas inscrições na haste. No outro, a silhueta de uma porta medieval. Não precisava ser um gênio para descobrir o que fazer com ambas.

"Para que servem as chaves, afinal? *Para abrir e trancar portas!*" – deduziu, radiante, fascinada com as possibilidades que sua imaginação criava.

Alice encaixou um dos vidros na base e acionou a

manivela. Uma tênue luz se acendeu dentro da caixa e, aos poucos, ficou mais intensa, projetando um borrão na parede do quarto. Logo a imagem tornou-se mais nítida, e a silhueta da porta, com todos os detalhes, surgiu desenhada na parede. Alice, maravilhada, encaixou o vidro com a imagem da chave, sobrepondo-o ao da porta. As figuras combinavam perfeitamente!

Nesse momento, a luz tornou-se mais fraca e Alice precisou girar a manivela com mais força, até que as duas imagens se tornassem nítidas.

Inesperadamente, algo fantástico aconteceu, uma ilusão produziu-se diante de seus olhos. Uma rachadura começou a surgir na parede do quarto, contornando o desenho da porta, fazendo-a ganhar dimensão e profundidade.

Alice recuou, sentindo o coração disparar. A imagem parecia brotar da parede, uma espécie de passagem que se abria... para *outro lugar*. O que devia fazer agora?

Um aviso repentino veio-lhe à mente. Na mensagem oculta na lanterna mágica, Malevich pedia para ter cuidado com algo que estava no vidro, uma sombra no vidro...

Mas Alice não via nada ali! Nenhuma mancha... Os vidros estavam límpidos como cristal.

Cedendo ao apelo de sua curiosidade, Alice aproximou-se para olhar de perto a rachadura na parede. Quanto mais avançava, a própria sombra se revelava na luz projetada da lanterna.

Alice estendeu o braço e tocou as bordas da fenda que se abrira de forma irregular. Eram ásperas e reais! Pôde sentir uma leve brisa soprando pela abertura. E ouvir vozes também... Risadas, música, ruídos de louça. Eram sons de uma festa. Aquilo era incrível!

Ficou tão distraída com o inusitado da experiência, que nem percebeu o que estava acontecendo. Uma sombra maléfica desprendeu-se da imagem da porta e deslizou, de modo sorrateiro, em direção à menina.

Sem desconfiar do perigo, descuidadamente Alice colocou-se diante da fenda, inclinando a cabeça para ver e ouvir melhor.

Quando sentiu o empurrão, era tarde demais.

Caiu pelo vão, atravessando a passagem para um

mundo desconhecido. A porta projetada se fechou de modo abrupto, fazendo a fenda desaparecer por completo na parede do quarto. A luz da lanterna foi diminuindo aos poucos até apagar-se, deixando o quarto mergulhado na escuridão.

Desde aquela tarde Alice nunca mais foi vista.

Até o presente momento não há notícias de seu real paradeiro. Talvez, com bastante sorte, alguém consiga libertá-la da ilusão da lanterna mágica de Malevich.

Alguém bem curioso... *com muita imaginação.*

HAPPY PARTY

Você sente atração por temas sobrenaturais? Veste-se de preto, lê livros misteriosos e gosta de conhecer gente esquisita? Isso pode ser bem arriscado!

Balada infernal

Sempre adorei baladas. E minha balada preferida é a de *Halloween*, a festa do Dia das Bruxas. Além do clima de mistério, eu curto as fantasias de criaturas horripilantes, não muito diferentes de nós, humanos, se é que você me entende...

Todo ano a turma do curso de inglês se reúne e organiza a tal festa macabra com muita zoação, rock e lanches do além. Cada aluno pode levar um convidado, portanto, há sempre gente nova no pedaço.

Esta história aconteceu comigo e começou na noite da festa, sexta-feira, 31 de outubro, assim que eu pisei no salão da escola...

Havia muita gente reunida ali, alunos de todos os anos e períodos. As turmas já haviam decorado o salão com balões pretos e laranjas, fixado as teias de aranhas artificiais nas paredes e pendurado as máscaras de monstros pelos corredores da escola. O pessoal escalado pra cuidar dos comes e bebes havia preparado as surpresas do "Cardápio Maldito": uns lanches especiais que sempre faziam o maior sucesso.

A direção da escola contratara um conjunto de rock de garagem para garantir o som maneiro, mas deixou a iluminação do evento por nossa conta, ou seja, ficou mais que demais! O efeito geral era de arrepiar: o cenário sobrenatural ao fundo, o jogo de luzes piscando, a máquina de gelo seco funcionando a toda... Estava tudo perfeito para uma perfeita noite de terror.

Assim que eu entrei no salão, vestido de vampiro, dei de cara com a múmia do Cacá ao lado de uma garota muito gata. Que ruiva! Mais ou menos da minha altura, com cabelos lisos e compridos, exibia um rosto pálido e olhos verdes tão intensos que brilhavam feito os olhos de um bicho. Ela usava minissaia, botinhas pretas e uma capa curta, toda roxa e vermelha. Fiquei paralisado de amor.

Quando fomos apresentados pelo Cacá, ela comentou, toda simpática, que se lembrava de mim da festa do ano anterior. Daí se aproximou até quase encostar seu rosto no meu e sussurrou um nome em meu ouvido – que eu nem ouvi direito –, depois sorriu como uma verdadeira bruxa faria. E que bruxa! Pude sentir seu hálito quente e o aroma do perfume de bebê que eu tanto curto. Eu me encantei por ela!

Dançamos até cansar, conversamos sobre vários assuntos e comemos "cachorro-quente morto", um sanduba maluco que um cara do 6º ano tinha inventado. Experimentamos "suco de medusa", o sucesso da festa, feito com abacaxi, hortelã e pimenta brava.

Depois de algum tempo, incentivados pelo clima da balada, caminhamos para o pátio, na parte de trás da escola, para procurar um lugar mais sossegado e ficar a sós... *se é que você me entende.*

Eu me sentia um pouco atordoado enquanto a seguia. Pensei que fosse normal ficar zonzo, com todas aquelas luzes coloridas piscando, as risadas e o som altíssimo da música na pista de dança. Caminhamos para a parte mais distante do prédio, e eu achei que ia rolar uma *ficada* legal.

De repente, como se ouvisse meu pensamento, a gata segurou minha mão e me puxou para mais perto dela. Eu estranhei uma menina delicada como ela ser tão forte e decidida, mas vacilei na conclusão. Estava muito envolvido...

Então... ela me beijou. E foi mesmo incrível... Sensacional! E um beijo emendou no outro e as coisas foram esquentando e eu quase sufoquei porque a gata nem me deixava mais respirar!

Quando abri meus olhos e vi o rosto dela iluminado pelo luar, eu quase surtei. A garota linda e charmosa havia se transformado numa criatura horrível! Em sua pele, agora casquenta e esverdeada, brotavam tufos de pelos negros aqui e ali. A boca vermelha e arreganhada da *ex-gata* agora exibia caninos afiados e ameaçadores que cintilavam. Ela... (*argh!*) babou no meu blusão ao tentar estraçalhar meu pescoço.

Antes de ser mordido por aquela besta infernal, lembrei-me das histórias de vampiro que já havia visto no cinema e agi bem rápido: na estampa da minha camiseta havia a imagem de um conjunto de rock segurando uma cruz enorme. Com um tranco repentino, me esquivei das garras do monstro e abri a jaqueta, exibindo o peito com o desenho sagrado para aquele ser das trevas.

A criatura deu um grito e recuou, como se houvesse

levado um tiro. Ainda rosnando, caiu no chão, retorceu o corpo gelatinoso e foi diminuindo de tamanho, ganhando transparência até virar fumaça e desaparecer por uma fenda no chão.

Caí de joelhos, tremendo, sem conseguir respirar direito. E até hoje não me recuperei dessa experiência sinistra. Vivo meio alterado, inseguro, com receio de conhecer novas garotas, especialmente se forem bem bonitas.

Sabe como é... O mundo tem muitas armadilhas, *se é que você me entende...*

Toda criatura sente medo.
Você tem medo de quê?

Eu não era uma garota supersticiosa, mas confesso que sempre tive um medo secreto, uma ideia que me assombrava e afligia a alma desde a infância. Em vão, tentava esquecê-la, sem acreditar em minha imaginação doentia, sem dar ouvidos à intuição.

"Vamos viver sem esperar pelo pior" – aconselhava mamãe.

Ela estava certa. Mas, infelizmente, aconteceu o pior...

Naquela noite eu estava sozinha em casa e resolvi olhar a caixa de recordações que guardava no maleiro do guarda-roupa. Nela ficavam as fotos da turma da escola, meu caderno de entrevistas, os postais das viagens lindíssimas que fiz, a pasta com papéis de carta, bilhetes e coisinhas dos namorados que tive, entradas de *shows* legais e outras bobagens que eu adorava colecionar.

Peguei a escada de alumínio com oito degraus que estava na cozinha e fui para o quarto. A escada tinha degraus com bordas desgastadas, balançava um pouco, mas, se fosse encontrado o ponto de equilíbrio ideal, tornava-se razoavelmente estável.

Coloquei-a na posição correta e me preparei para subir.

Ah, claro, falta dizer que eu morro de medo de...

A criatura estava oculta há algum tempo, à espreita. Aguardando... Seus sentidos não a enganavam. Havia comida por ali, tinha certeza. Podia saber disso à distância. Rastejou pela abertura da porta, cautelosamente. Certos humanos tinham comportamentos bem incomuns: como ela, trabalhavam à noite, evitavam a luz do sol; alguns preferiam as sombras, a sujeira e a umidade. Descendia de uma grande família – muitos irmãos e irmãs espalhados pela cidade. Haviam nascido e crescido no mesmo bairro, num lar imundo, cheio de problemas. Com alguma ajuda tinham se multiplicado incrivelmente. Era fácil dominar o ambiente da cidade.

Parou por um instante, vibrando para captar presenças, denunciadas pelo movimento. Localizou-a facilmente. Lá estava ela, e nem sabia que era observada.

Subi os primeiros degraus. A escada balançou, inclinou-se levemente pra esquerda, depois firmou-se com um estalo. Respirei fundo e subi mais dois degraus sentindo um ligeiro mal-estar, mas resolvi encarar o medo de altura e não desistir facilmente. Outros dois degraus e... Será que a caixa estava muito pesada?

A criatura pressentiu o movimento e recuou para o fundo. Não contava com essa agitação. O que podia fazer diante do inesperado? Aguardou um instante. O aroma de alimento a atordoava. Precisava comer. Comer de qualquer jeito! E se ela contornasse o lugar? Haveria como fugir, se fosse vista?

Afastei o corpo pra trás e puxei a porta de madeira. Ela estava emperrada. Era isso que sempre acontecia comigo ao lidar com móveis antigos. Eles me irritavam!

Finalmente! Adorava explorar terrenos desconhecidos: uma tiara de veludo puído, papéis velhos, pulseiras, um chaveiro de pelúcia repleto de fungos, fotos amareladas, um cachecol de lã e, enfim... Chocolate! Uma embalagem quase vazia, com restos endurecidos grudados no papel. Um verdadeiro manjar dos deuses.

Com um solavanco, puxei a porta com vontade. A escada bambeou. Parecia avisar: calma lá, é arriscado! Mas a porta não abriu. Sem dar ouvidos à intuição, decidi tentar novamente. Dessa vez, com mais força.

Que barulho é esse? Justo agora que descobrira um tesouro! Não! Ninguém podia impedi-la de saborear a doce iguaria. No entanto, precisava fugir dos intrusos... Ou acabar com eles. Geralmente, sabia como fazer isso. As fêmeas eram presas fáceis.

A porta do maleiro abriu na terceira tentativa. Com o movimento, senti a escada tremer sob meus pés e, num gesto instintivo, busquei apoio na porta e no batente do armário, até recuperar o equilíbrio. Suspirei, estendi os braços e puxei a caixa.

Ela correu direto para a saída. Quanta luz havia agora! Precisava testar o que aprendera com sua espécie, antes de tentar escapar do confronto. Encontrou a pele humana, e correu o mais rápido que pôde sobre a superfície macia cheirando a morango. Que susto esta fêmea lhe deu, aparecendo assim, de repente!

Tudo aconteceu muito rápido.

A criatura correu por sobre meu braço, roçando as patas nojentas em minha pele arrepiada. Senti as pernas bambearem e, agarrada à caixa de papelão, não pude conter meu espanto ao reconhecer a situação que me assombrava desde garotinha.

Meu grito de pavor ressoou pela casa.

A escada oscilou, inclinou-se perigosamente para a direita e eu, sem apoio, lutando para conter a repulsa que me invadia, não pude evitar a fatal queda no vazio.

Antes de tudo se apagar em minha mente, pude ver o monstro que eu sempre temi, de corpo castanho, com asas abertas e antenas vibrando, cair em cima de mim.

Então... *morri.* E aqui estou.

É como eu sempre digo:
observem as estrelas, admirem
a negritude da noite, mas
não se distraiam tanto.
O perigo pode estar bem perto.

Vocês podem não acreditar em mim, mas isso não tem mais importância. Como diz minha mãe, agora posso aguentar os olhares desconfiados sem me sentir um completo otário.

Tudo aconteceu por culpa da minha irmã, que teimou em passar o final de semana em família. Meus parentes até que são chatos normais, mas a vovó sempre foi um pouco mais esquisita, meio doidona, tomava chá com tequila, ria alto, usava anéis estranhos e lenços na cabeça com anteninhas que balançavam e piscavam – um constrangimento total para mim, seu segundo neto.

Sua pior mania era, às sextas-feiras, cozinhar sopas fumegantes numa panela de ferro e, à meia-noite, cantarolar no quintal. Coisa de louco! Minha mãe dizia que vovó só era um pouco excêntrica por causa da idade. Bem, eu nunca acreditei nisso.

Todas as vezes que ela vinha me beijar, eu disfarçava e arrumava o que fazer. Quem queria ganhar beijo babado daquela boca malcheirosa?

Na verdade, vovó sempre me olhou de um jeito

desconfiado. Acho que percebia meus verdadeiros sentimentos por ela. Ficava sempre me vigiando, atenta às minhas reações, enquanto mastigava de um jeito horrível, ruidosamente, só pra me irritar.

Bem, naquela noite maldita de sexta-feira, aconteceu algo surpreendente...

Eu e minha irmã fomos cedo pra cama, pois estava uma noite fria, embora estrelada. O típico céu de inverno. Minha avó veio até o quarto desejar-nos boa-noite e saiu cantarolando baixinho, embrulhada num roupão que brilhava no escuro. "Totalmente maluca!", eu confirmei.

Adormecemos depois de um tempo, enquanto a temperatura lá fora caía.

Já era madrugada quando fui acordado por ruídos que vinham do fundo da casa. Então, me levantei e fui espiar pela janela do quarto para descobrir o que havia.

Lá estava a velha andando no quintal, que tinha um pequeno pomar, com uma lanterna na mão. Acho que procurava algo no chão ou sei lá o quê, enquanto cantarolava, como se conversasse num idioma estranho com alguém invisível.

Decidi descobrir o que ela realmente fazia lá fora e por que se comportava de modo tão pouco normal. Desci a escada sem fazer barulho e atravessei a cozinha em silêncio. Abri a porta da área de serviço e fui me aproximando bem de mansinho. Ela estava agachada, resmungando com um buraco. Cheguei mais perto e, disposto a desmascará-la de uma vez por todas, gritei às suas costas:

– O que você está fazendo, vovó?

Ela se voltou rapidamente e... Cara! Eu nunca mais vou me esquecer do que vi! Não era apenas o horror da minha avó. Havia uns tubos de plástico presos na cabeça dela, e seu rosto, desfigurado e coberto por uma pasta verde gelatinosa, era a face de um monstro. Do roupão luminoso que ela usava partiam uns fios azulados que pareciam descer pelo buraco no chão.

Juro que vi algo assustador escorregar para dentro da terra, uns tentáculos gosmentos de aliens. Quase morri de medo. Aquilo podia acabar comigo ali mesmo!

Vovó sorriu e arreganhou os dentes, balançando a cabeça. Seus olhos vibravam, vermelhos e maus. Quando ela começou a andar em minha direção, uma luz forte atingiu meu rosto. Eu fiquei atordoado e... apaguei.

No dia seguinte, pra meu espanto, despertei na cama do quarto. Estava um dia lindo e ensolarado. Ao ouvir a voz da minha mãe na sala, desci correndo a escada pra falar com ela.

Foi aquela encenação! Vovó, que já estava com a cara feia normal dela, disse que estava recolhendo o lixo no quintal quando ouviu um barulho e me encontrou caído no chão da cozinha.

Eu não acreditei. Que mentirosa!

Ensaiei contar toda a verdade, mas vovó me lançou um olhar ameaçador, tipo: "cala a boca, que é melhor!". Fiquei na minha, mas ela percebeu que se desse a chance, eu contaria tudo o que vi.

Muito tempo se passou depois dessa maldita encrenca. Atualmente vovó anda sumida, parece que se mudou para Miami. Minha mãe diz que é por pouco tempo. Eu rezo para que seja para sempre!

Você maltrata animais?
Oh, não!

Sofia

Era uma gata malhada, rechonchuda, de patas grossas e andar elegante. Dengosa, descansava na mureta do prédio durante toda a manhã, relaxando ao sol por horas. A tudo observava, com seu jeito altivo, solene. Tinha autoridade no olhar, a exemplo do dito popular, não via somente a árvore, enxergava toda a floresta.

E como todos os de sua espécie, tinha percepção aguçada, pressentia a alma alheia. Vigiava todas as criaturas coloridas e bípedes que ainda não desistira de caçar. Espreitando.

O menino talvez intuísse essa capacidade de a gata ver o que se ocultava sob atitudes normais. Desconfiava que ela já lhe desvendara o instinto traiçoeiro, as intenções funestas e tantas outras péssimas disposições. Não compreendia, portanto, por que motivo não fugira dele naquele início de tarde. Fora fácil demais capturá-la com um pedaço de carne, enfiá-la na mochila com rodinhas e, sentindo-se Deus, arrastá-la alegremente por quase dois quarteirões rumo ao destino incerto.

Ainda não decidira o que fazer com ela. Com o passar do tempo, tornara-se cruel com suas vítimas. Pássaros, pequenos roedores, lagartixas, borboletas e aranhas. Todos tinham oportunidade de sofrer em suas mãos: injeções de formol, cortes, amputações e espetadelas, todo o tipo de curiosidade maldosa e desnecessária.

Até onde poderia ir com a gata? Se houvesse um *ranking* de maldade, estaria no topo?

Não sabia ao certo. No entanto, o que ele com certeza desconhecia era a verdadeira natureza de sua vítima.

Foi direto para a garagem. Trancou a porta, fechou o vitrô e acomodou a gata numa caixa de papelão com furos na tampa, pois não queria que ela sufocasse, morresse antes da hora. Felizmente, ficava sozinho em casa. Sem irmãos ou vigilância, com mãe honesta trabalhando duro e pai de profissão incerta, sempre fora deixado à mercê da própria imaginação medonha.

Separou os objetos que usava para causar dor, apertar e espetar os bichos e verificou no relógio quanto tempo dispunha para fazer o serviço, limpar a bagunça e posar de anjinho no jantar: três horas e meia! Seria o bastante?

Colocou a caixa com Sofia sobre a bancada onde

costumava montar as réplicas de dinossauros de madeira, seu outro passatempo preferido. Girou o botão para acender a única lâmpada que pendia bamba de um fio no teto. A luz difusa e fraca que revelou a imagem da gata sobre a base de madeira gasta lhe rendeu nova inspiração: uma autópsia! Dessa vez, iria se superar!

A gata o encarou com desprezo profundo. O que ele imaginava fazer? O que o fazia pensar que podia agir como bem entendesse? Aquele menino comum e idiota não era apenas um menino idiota ou comum, disso ela sabia. Era um daqueles. No bairro havia outros, que ainda nem tinham chegado a florescer. Sim, ali a maldade brotava como mato no jardim – ronronou, entediada, aguardando o momento apropriado para reagir.

O menino preparou a seringa com uma mistura de anestésico e formol. Com brutalidade, puxou para cima a pele do dorso da gata com a intenção de nela espetar a agulha, como havia visto a veterinária fazer com Rufus, seu cachorro, que morrera envenenado misteriosamente dois anos atrás.

Irritada, a gata soltou um rosnado baixo e reagiu,

feroz, antes que ele a tocasse, arranhando-o no rosto. Num movimento rápido, torceu o corpo e saltou da bancada para o chão, indo se esconder debaixo do velho armário de ferramentas.

Furioso, com o rosto ardendo e sangrando, o garoto saiu rapidamente na captura do animal. A ira cegou seu raciocínio, e o fez enfiar de uma vez a cabeça debaixo do armário para ver onde ela estava, e estender a mão para alcançá-la pelo canto esquerdo, antes que fugisse dele outra vez.

Mal teve tempo de gritar.

Sentiu um tranco violento, foi agarrado e puxado para o vão escuro.

"Quieto!", ouviu a criatura rosnar em seu ouvido, sussurrando como um humano faria.

Surpreso, o menino fitou os sinistros olhos da fera que o mantinha imóvel, com força descomunal, enquanto a voz falava em sua mente:

"Basta de ceifar a vida das criaturas deste planeta! Volte para o maldito ninho de onde veio, eu lhe ordeno!", ela sussurrou enfurecida, segundos antes de cravar os poderosos dentes na nuca do garoto, inoculando-lhe o veneno que revelaria sua maldade aos olhos humanos.

Aterrorizado, ele sentiu imediatamente o efeito da substância em seu organismo. Os músculos contraíram-se sob a pele, enquanto tremores dominavam seu corpo. Seu rosto adquiriu aspecto azulado e flácido, revolvendo-se em movimentos bruscos para reajustar-se à forma original, não-humana.

Enquanto sua aparência transmutava, os ossos diluindo-se em gosma asquerosa, o garoto sufocava com o poderoso veneno inoculado em seu corpo, sem compreender por que razão, em um planeta violento e hostil como aquele – invadido por sua espécie há milênios –, ainda havia de enfrentar e vencer a resistência de sentinelas que miavam ao luar.

Em memória de Gueri, minha sentinela entre mundos.

Estar na companhia de pessoas diminui sua impressão de solidão? Pense bem. Às vezes, é melhor ficar só...

Nunca havia entrado naquele prédio de aparência horrível. Por azar, no meu turno, havia uma correspondência em nome de certo doutor Trevis.

Pensei em jogar a carta no lixo ou chutá-la pra um canto qualquer perto do elevador, mas a chefe do meu setor pediu que eu entregasse a carta em mãos, e solicitasse a assinatura legível no recibo de entrega – ela ainda sorriu de modo estranho ao dizer isso. O que eu podia fazer? Era apenas outro estagiário fazendo papel de bobo para os outros bobos mais experientes.

Eram mesmo 15 andares de meter medo. Podia-se encontrar todo o tipo de gente pelos corredores mal-iluminados. Subir pela escada? Nem pensar! Já ia desistir do jogo quando o barulho do elevador me chamou a atenção. Era um desses modelos antigos, com duas portas, a de madeira e a de metal, modelo pantográfica.

Sabe o que mais? Resolvi encarar. Nunca gostei de espaços pequenos e apertados, mas a escada eu não ia arriscar. Esperei que a cabine ficasse vazia, abri a porta de madeira, empurrei pro lado a de metal e entrei.

Por dentro, o elevador parecia uma jaula. Que lugarzinho desconfortável! Pressionei o botão do 13º andar e esperei a engenhoca funcionar. A porta dourada fechou-se com um ruído ardido, a máquina chiou e o elevador subiu lentamente, depois de dar uns solavancos. Pelos vãos da grade de metal pude ver as paredes descascadas e imundas passando em ritmo arrastado, com os andares rabiscados em vermelho-sangue... De arrepiar.

Então, sem aviso algum, o elevador deu um tranco e estacionou o corpo pesado entre dois andares. O número na parede indicava o início do 13º andar. "Mau agouro", pensei, aflito. Esperei um pouco e, como nada ocorria, puxei a porta de metal e empurrei a outra porta pra sair, com medo de ficar preso ali. Mas ela estava bloqueada, talvez para minha própria segurança ou... não! Angustiado, pressionei com força o botão do térreo. Nada aconteceu.

Foi então que ouvi coisas arrastando-se no corredor. Parecia o som de passos desencontrados, como se alguém caminhasse de modo diferente ou estivesse sendo arrastado contra a vontade.

O ruído parecia aumentar, vindo em minha direção. Agora, já estava bem perto!

Subitamente, a porta do elevador começou a ser sacudida com violência. Alguma coisa queria entrar...

– Q-quem é? Está p-parado! – gritei, mal podendo respirar de medo.

Não ouvi resposta. Mas vi a sombra que passou furtivamente pelo vão da porta. Recuei rápido para o fundo, pensando ter visto um olho medonho espiando pela abertura. Se ela abrisse naquele instante eu estaria perdido!

Para minha sorte, o elevador chiou e voltou a funcionar, sem aviso. Então, subiu um pouco mais, e parou no 13º andar.

Ao sair esbaforido, dei de cara com um sujeito alto e ossudo parado bem na minha frente, pálido como um fantasma, que segurava uma pequena caixa nas mãos esqueléticas.

Ele me olhou e disse, com voz de morto:

– Carta para mim?

Eu nem pisquei.

– D-doutor T-trevis?

Ele sorriu de modo maligno e me empurrou de volta.

– Vamos descer agora! – disse secamente, arrancando a carta da minha mão e enfiando-a no bolso da calça.

A porta se fechou atrás de nós com rapidez sinistra, o elevador deu novo tranco e começou a descer lentamente. O velho me encarou e eu o fitei, sem jeito. Eram 13 longos andares até o saguão, dentro daquela máquina infernal, com aquele homem que não inspirava confiança.

Ele segurava a caixa com mãos ávidas e brancas.

O que levaria ali?

Pouco tempo depois, um estalo fez o elevador parar novamente, mas, desta vez, a luz se apagou na cabine, para meu total desespero. Eu e aquele homem estranho naquele prédio esquisito... presos no elevador!

Comecei a ficar apavorado.

Nisso, ouvi o som de papel sendo rasgado. Ele estava abrindo a tal caixa! No escuro? O que guardaria ali? Uma faca? Recuei, por instinto de defesa, e me ajoelhei no fundo da cabine, imaginando que, se o homem me atacasse de repente, acertaria primeiro a parede do elevador. Desse modo eu teria tempo de me defender.

O ruído de papel sendo rasgado deu lugar a outro, bem mais assustador... O de mandíbulas em ação, destroçando coisas! Ele se alimentava no escuro? O homem estranho podia ser alguma espécie de monstro!

Sufoquei um grito de pavor.

Para minha sorte, o elevador deu novo tranco e reiniciou a descida, na mais profunda escuridão. "Talvez a luz da cabine tivesse apenas queimado", pensei depois, suando frio.

Finalmente, chegamos ao térreo! Assim que a porta se abriu e a claridade inundou o ambiente, o homem virou-se para mim e perguntou, com a bocarra lambuzada de creme:

– Aceita uma tortinha, meu rapaz?

"Que pesadelo!", eu pensei, antes de cair fora.

Atualmente temos outros modos de brincar! – disse a criatura, ao encarar o jovem apavorado.

Eu adoro *videogames*. É mesmo incrível derrotar invasores espaciais, matar zumbis nojentos e caçar criaturas alienígenas nos mundos virtuais. É um motivo para competir com os amigos, se exibir pra namorada, ou bancar "o herói" ao zerar o jogo e ser visto como o campeão da turma!

Pois bem. Os *videogames* eram minha razão de viver até eu conhecer o Lucas, um garoto do sétimo ano, filho de um comerciante que vendia todo o tipo de coisas pra computador – inclusive joguinhos. Havia uma seção na loja dele, de objetos de segunda mão, *games* usados, conforme o Lucas dizia, mas ninguém sabia dizer qual a procedência dos joguinhos.

Naquele dia, ele apareceu no intervalo da aula com um jogo diferente, dizendo que era fan-tás-ti-co, que faria qualquer um perder a cabeça. E tanto fez propaganda que acabou me interessando. Chamava-se O Terceiro Inimigo. Olhei a embalagem, intrigado. Havia apenas uma caveira sinistra desenhada na capa, e um lembrete escrito em letras vermelhas: "ATENÇÃO: JOGAR EM ATÉ SETE DIAS".

– Espero que valha a pena – eu disse rindo, colocando o jogo na mochila.

– Se você sobreviver... vale! – disse o Lucas. E recomendou: – Não ultrapasse o prazo.

Então, nos despedimos.

Logo depois do almoço já comecei a jogar. A fase 1 era bem simples. Eu era um soldado em missão numa terra desconhecida, repleta de perigos. Depois de andar numa floresta gigante, atravessei um túnel escuro e tive de encarar o primeiro inimigo – uma lesma gigante e faminta – que matei para chegar a um altar de pedra onde havia uma estátua com um mapa. Zerei a fase em um dia e meio.

Na tarde seguinte joguei a fase 2. Essa foi de arrancar os cabelos! De posse do mapa, precisei descobrir o esconderijo do segundo inimigo, a criatura que guardava o Portal. Após lutar e morrer duas vezes, consegui beber o Elixir Vital e me recuperei. Essa fase durou quatro longas tardes.

Na saída da aula o Lucas me procurou, ansioso:

– E aí? Tá curtindo o jogo?

– Ainda não consegui passar o Portal.

– É aí que a coisa pega – ele zombou, rindo. – Não ultrapasse o tempo do jogo! É importante que entenda isso! – ele repetiu.

Achei aquela insistência estranha, mas imaginei que ele estivesse zoando comigo ou com medo que o pai descobrisse o "empréstimo" não autorizado.

Como eu iria enfrentar a pior parte do jogo sem um tempo extra? Na hora concordei em devolver-lhe o jogo no dia seguinte. Mas, pro meu azar, não deu. Minha tia chegou de viagem e eu precisei ajudar em casa com as compras do supermercado e coisa e tal.

À noite, retomei o jogo. Eu já havia tentado entrar no Portal um monte de vezes, mas não atingia o número de pontos suficientes para girar a manivela que abria a imensa porta.

O tempo foi passando. E eu jogando...

Perto da meia-noite, a tela do computador escureceu de repente e uma mensagem surgiu, em letras vermelhas enormes – TEMPO ESGOTADO! –, ao lado do mostrador de um relógio digital em forma de caveira que marcava os minutos restantes, segundo a segundo.

5 minutos! 4:59! 4:58! 4:57! 4:56!...

Ignorando o aviso, cliquei START e continuei a jogar, mesmo depois do tempo zerado.

Se eu soubesse o que iria acontecer, não teria insistido nessa besteira.

De repente, assim, do nada, o jogo travou, a cena sumiu, e uma música macabra ganhou volume enquanto a tela do computador mostrava a entrada do Portal envolta em brumas sinistras.

Pensei que fossem bônus extras mas, aos poucos, percebi que aquilo não era exatamente um prêmio. Parecia bem mais com uma punição.

O imenso portão da fortaleza abriu-se devagar e o nome ZÓSTER surgiu ao fundo, em verde luminoso, enquanto se ouvia o som de pisadas inumanas que brotavam das caixas de som e se tornavam cada vez mais próximas.

Antes que eu conseguisse apertar o PAUSE e entender o que rolava ali, uma garra monstruosa saiu de repente da tela e me segurou pelo pescoço, me sufocando. Chutei a mesa, quis resistir, mas não foi possível. Fiquei sem ar e a cabeça rodou, e rodou. Apaguei.

Acordei assustado em uma floresta, tipo a do filme O Predador, com dores em diversas partes do corpo. Eu me sentia diferente, estava recoberto por uma armadura plástica que parecia ser feita de gelatina dura! Percebi que havia me transformado em um personagem do jogo, em um desafiante de ZÓSTER!

De repente, algo brilhou no meio da mata. Por instinto, eu me abaixei e me escondi atrás da árvore mais próxima. Era uma lança que apareceu no meio da vegetação! Peguei-a e logo tive de correr porque um raio quase me atingiu.

Fui abrindo caminho no meio da selva, por entre as plantas gigantes daquela floresta absurda, sendo caçado por um inimigo desconhecido. Eu fazia parte do jogo agora!

Ah! Se eu escapasse dali, eu ia acertar a cara do Lucas!

Avistei uma gruta no final da trilha, um lugar pra me esconder, mas não consegui entrar nela. Algo me impedia. Então, raciocinei como um jogador. Observei o lugar e notei as pedras jogadas no chão, elas eram de tamanhos diferentes. Também reparei que ao longo da parede da gruta havia algumas depressões. Agi depressa. Peguei as pedras e tentei colocar nos buracos certos. Sabia que precisava ser rápido, senão...

Quando uma sombra imensa cobriu meu corpo, enfiei a última pedra no buraco da caverna e... pulei lá pra dentro! Ouvi o rugido de raiva da criatura do lado de fora.

Andei por um tempo naquele lugar deserto, desconfiado que surgissem ameaças a qualquer momento. Como faria para escapar daquele jogo?

Sem aviso, a caverna começou a desmoronar e a mão imensa de ZÓSTER surgiu por entre os escombros e me agarrou. Ele era um gigante de pedra, de aspecto horrível. Ele urrou antes de me levar à boca. Eu seria triturado feito um salgadinho por aquelas mandíbulas poderosas.

Fechei os olhos e imaginei como seria morrer daquele jeito.

No entanto, a cena mudou outra vez. Surgiram vários combatentes como eu. Uma batalha entre vários soldados e o gigante de pedra teve início. Lutei ao lado de outros que surgiam, com armas potentes e golpes certeiros, e fizemos a fera gigante do espaço retroceder.

ZÓSTER matou alguns de nós, lançando-os ao ar, e

pisoteou outros, mas acabou caído. Eu estava tão impressionado, tão cheio de adrenalina que... *chapei.*

Acordei inteiro, no chão do quarto da minha casa.

Desacreditei! O computador ainda estava ligado. Assim que toquei no mouse surgiu a mensagem na tela:

GAME OVER

"Graças a Deus terminou!", eu pensei, aliviado.

No dia seguinte, encontrei o Lucas na cantina da escola junto com uns caras do oitavo ano. Ele me olhou, meio zombeteiro, e perguntou:

– E aí? Gostou da aventura?

Respondi que o jogo era uma maluquice do outro mundo.

– Se não fosse a gente, você estava ferrado... – ele emendou, sorrindo.

Surpreso, olhei pros caras que riam pra mim e concluí o que você já percebeu também.

– Valeu, pessoal... – foi o que pude dizer, sentindo-me verdadeiramente assombrado com a experiência.

Nisso, o Bruno veio conversar com a gente e todo

tagarela, curioso e acelerado como sempre, perguntou que tipo de jogo era aquele.

Não deu outra. Nós sorrimos, em acordo mútuo, e eu entreguei o jogo para ele.

Você acredita em fantasmas e criaturas do outro mundo? Assiste a filmes de medo, mas dorme com a luz acesa?

Do além

Tudo começou quando nos mudamos para o antigo sobrado de janelas e portas altas, com varanda e uma espaçosa área para um jardim que, infelizmente, não se encontrava em bom estado de conservação. Apesar disso, a casa era ampla, ensolarada, com uma escada em caracol no andar superior que dava acesso ao lugar de que eu mais gostava: o sótão, que ficou sendo meu quarto. Foi lá que, feliz de vida, acomodei minhas coisas.

Eu andava tão animado por morar num lugar como aquele que nem dei atenção aos comentários dos garotos da vizinhança. Eles diziam que a casa era mal-assombrada.

– Que besteira! Não tem nada de anormal por aqui – eu dizia à turma.

Mas os caras não se convenciam facilmente. Ainda apostavam que qualquer dia eu viria correndo contar algo apavorante sobre a casa. O tempo passou sem que nada esquisito acontecesse. Depois de um mês, eu já havia esquecido o assunto.

No entanto, certa noite pintou algo realmente impressionante. Meus pais haviam saído para ir ao cinema e eu fiquei com minha irmã mais velha, Beth. A noite estava fria e chuvosa, e enquanto o vento assobiava entre as folhagens do pequeno jardim, eu estava em meu quarto, no sótão, montando o novo quebra-cabeça de 500 peças que eu comprara naquela tarde. Eu adoro esse passatempo! Sou realmente um craque no que faço. E esse era para jogadores experientes, uma imagem rica em detalhes, cores e formas que confundiam qualquer um.

Estava quase desistindo de encontrar a peça para compor a moldura quando, de repente, para o meu total espanto, uma delas deslizou suavemente do monte para o lugar correto. Ela se mexeu sozinha, como se obedecesse ao comando de uma misteriosa mão!

Completamente em choque, recuei, assustado. Imediatamente me lembrei dos comentários dos garotos vizinhos: a casa é assombrada!

Mas só quando tive a impressão de ouvir o ruído de passos se afastando foi que eu pude sair correndo e gritar por minha irmã, completamente apavorado.

Beth tentou me acalmar, dizendo que, provavelmente,

tudo não passara de uma ilusão causada por minha imaginação fértil. E ainda reclamou da atitude dos vizinhos, de tentar me amedrontar com histórias de fantasmas. Mesmo assim, desafiei-a a voltar comigo até o sótão para confirmar se eu havia me iludido ou não.

Ao entrarmos no quarto, outra surpresa nos aguardava: o quebra-cabeça de 500 peças estava completamente montado! A imagem de uma casa antiga com um lindo jardim de margaridas brancas era perfeitamente visível.

Eu quase caí de susto. Não havia comprado um quebra-cabeça com a imagem de uma casa, mas, sim, com a vista aérea de um irado parque de diversões americano.

Beth não acreditou em mim. Disse que certamente eu me enganara na hora da compra, e quando protestei energicamente, ela sugeriu que, talvez, o vendedor pudesse ter trocado o jogo na hora de fazer o pacote.

Fiquei muito impressionado com aquilo, e não desisti de buscar nova explicação.

No dia seguinte, contei tudo à minha professora. Ela era muito boa nesses assuntos de fantasmas e coisas do além, pois escrevia histórias de medo para crianças e tinha o hábito de pesquisar sobre o tema. Intrigada com minha história, propôs que visitássemos a biblioteca para buscar informações.

Encontramos diversos livros sobre mistérios e, outros, sobre lendas urbanas. Li que os fantasmas são espíritos de pessoas mortas que, por alguma razão, continuam a se comportar como vivos porque foram infelizes, injustiçados e querem vingança, ou precisam de nossa ajuda para realizar suas vontades. Também li que outros tipos de fantasmas são apenas *poltergeists* que gostam de bagunçar.

Será que o fantasma do sótão precisava de minha ajuda?

Estaria tentando enviar uma mensagem?

Quase que naturalmente, passamos a pesquisar a imagem do quebra-cabeça. Começamos a olhar na internet algumas fotos de casarões antigos, conhecidos como assombrados. Depois de algum tempo, encontramos a foto de uma casa semelhante à do quebra-cabeça.

– Foi a morada da família Florença, conhecida por seu jardim belíssimo de flores brancas – leu a professora, no texto adicional. – Aqui diz que a dona da casa tinha um dom sobrenatural para cultivar flores. Tudo que ela tocava florescia em pouco tempo, por isso seus jardins eram muito famosos na época. Acredita-se que, mesmo depois de morta, ela continuou a cuidar das plantas da casa. Seu fantasma já foi visto por inúmeras pessoas – finalizou a professora.

– Fantástico! – eu murmurei, espantado.

– Você disse que a imagem do seu quebra-cabeça mudou de parque de diversões para a de um jardim florido, igual a esse?

– Sim! Muito parecido com esse aí... Acho que o fantasma da minha casa também gosta de flores!

– Pode ser... – ela ponderou.

Não é incrível como a fantasia pode influenciar nossas atitudes e modificar a forma como vemos as coisas?

Aos poucos, fui convencendo minha mãe a se interessar por jardinagem. Ela realmente se empolgou. Até um curso de paisagismo à distância ela fez!

Atualmente, minha casa tem o jardim mais bonito

da rua: lindas margaridas brancas florescem impecáveis durante o ano inteiro, para o espanto de todos.

O fantasma? Nunca mais vi.

Decerto passeia feliz pelo jardim, nas noites de lua cheia.

Já sentiu dor tão terrível e desesperadora, que estaria disposta a fazer qualquer coisa para se livrar dela?

Doutor Pedro

Meu nome é Flávia. Eu tinha nove anos quando isso aconteceu. Era uma garota magrela, sardenta e cheia de responsabilidades: zelar por minhas coisas, estudar bastante, sem nenhuma preguiça e tirar boas notas na escola. Notas altas. Também havia o cuidado com a saúde, naturalmente: evitar a todo custo ficar resfriada, não tomar vento, secar bem os cabelos e cuidar dos dentes, claro! Papai era muito exigente quanto a isso. Como você já pode imaginar, todos esses afazeres me deixavam bem ocupada. Na verdade, confesso que esqueci de escovar os dentes algumas vezes. Não podia me lembrar de tudo!

Como nossas ações sempre têm consequências, boas ou ruins, foi durante as férias de julho que o terrível castigo chegou. E me pegou de jeito, numa cidade sem muitos recursos.

Meu dente começou a doer assim que o sol se pôs.

Senti a primeira fisgada durante o banho e logo coloquei o jato de água quente do chuveirinho para aliviar o desconforto. Mas a dor não foi gentil comigo. A temperatura estava caindo, e como sabem, o frio piora qualquer dor.

Durante o jantar, não comi muito e até recusei a sobremesa. Na hora de pôr o pijama, disse baixinho à vovó que o dente ainda estava doendo. Doendo mais. Ela me olhou com carinho e disse que ia até a farmácia comprar remédio. Mas adiantou que, como já era noite, não havia jeito de encontrar nenhum dentista naquele lugar. Beijou meu rosto e disse para eu ficar quietinha, pois ia esquentar um pouco de leite com canela para me aquecer.

Depois de me dar o leite, vestiu o casaco e saiu para ir à praça, na única farmácia que havia na cidade. Por sorte, minutos depois, trouxe uma embalagem vermelha com um tubo de alumínio decorado com carinhas engraçadas. O remédio era um tipo de anestésico feito massinha, com gosto de canela. Era para pegar um pedacinho, fazer uma bolinha e apertar contra o dente dolorido. Depois de instantes, o remédio fazia efeito.

E fez, realmente. Vovó disse que meus olhos voltaram a brilhar e meu rosto ganhara um ar corado novamente.

Porém, nem tudo deu certo.

O alívio era temporário, de quinze minutos apenas.

Depois de uma hora, já havíamos esvaziado o tubo inteiro! Meu dente cariado ficava lá no fundo da boca e, cada vez que latejava, eu sentia a dor se espalhar como fogo pelo ouvido direito e daí para toda a cabeça, deixando meu corpo sensível e contraído.

Já eram onze horas da noite e eu choramingava de dor, deitada na cama da pousada. Vovó me agasalhou, pegou a bolsa e decidiu procurar ajuda. Acreditava na boa sorte. Talvez houvesse um dentista aberto àquela hora, em algum lugar...

Ela protegeu meu rosto com um cachecol e saímos, à procura de um salvador. Andamos durante meia hora, pedimos informações aqui e ali, e ninguém soube nos dizer onde encontrar um profissional.

Uma chuva fina começou a cair. Vovó apressou o passo porque receava que eu pegasse um resfriado. Eu sentia calafrios percorrerem meu corpo. A cada passo, a sensação era terrível. Por um momento, imaginei que fosse desmaiar.

Vovó começou a ficar desesperada, pois temia que houvesse uma inflamação séria, além do dente cariado.

Sua aflição aumentou assim que ela encostou o queixo em minha testa. Eu queimava de febre!

Paramos em uma esquina, com o vento frio batendo em nosso rosto, e precisávamos decidir por qual rua seguir. Já era perto da meia-noite e percebi que vovó não sabia mais o que fazer para resolver o problema.

Então, eu fechei os olhos e desejei com todas as minhas forças, acabar com a dor. Implorei que algo acontecesse para mudar aquela situação... Pedi, com vontade, para a noite escura.

Ao contornar a esquina, quase no meio do quarteirão, uma luz azul brilhante piscou para nós na escuridão da rua. Vovó ajeitou os óculos no rosto para enxergar melhor e deu um gritinho de alegria.

– Vamos, querida! – ela disse, quase me arrastando pelo braço.

O letreiro luminoso estava acima de uma porta que se abria para uma escada, que conduzia ao primeiro andar. Vovó leu na placa: DENTISTA – 24 HORAS. Ela fechou os olhos por um segundo e sorriu, agradecendo a boa sorte, e apesar do fato inusitado, decidiu seguir em frente. Subimos os degraus, com ânimo renovado.

"Acho que alguém atendeu a meu desejo...", murmurei.

Do alto da escada, aguardando por nós, estava um homem moreno, simpático, com avental branco impecável. Ele nos deu um sorriso e fez um gesto para que sentássemos na antessala. Em seguida, pediu licença e desapareceu em um aposento lateral. Segundos depois, aproximou-se, pegou minha mão, sem nem ouvir as explicações de vovó, e me levou para seu consultório.

Doutor Pedro. Esse era o nome bordado no bolso do jaleco. Tinha olhos azuis, mãos enormes e jeito amigo. Ele me fez sentar numa cadeira alta, e pediu que eu abrisse a boca. Sem dizer uma palavra, examinou meu dente dolorido. Depois, fez sinal para que eu aguardasse um pouco, enquanto preparava os instrumentos. Colocou as luvas e, com um gesto, pediu que eu fechasse os olhos.

Parece que adormeci depois disso. Confesso que não sei até hoje o que me aconteceu. Só lembro que, algum tempo depois, me vi descendo a escada, com vovó sorrindo, agradecendo ao doutor e desculpando-se pelo horário tardio. A última visão que tive do doutor Pedro foi a de seu rosto, sorrindo.

No dia seguinte, durante o café da manhã, vovó comentou sobre a sorte que tivemos em encontrar um dentista.

– E ele nem quis receber o pagamento na hora! – ela repetiu, animada. – Parecia um anjo!

Notando que ninguém fazia um comentário sequer, vovó perguntou:

– Não concordam comigo? Vocês não acham surpreendente?

Após alguns minutos de constrangimento, alguém se adiantou:

– Minha senhora, a sua neta está bem?

– Claro que sim! Graças a Deus! – disse vovó. Nem sinal de inflamação ou de dor, não é, Flavinha?

Eu assenti com a cabeça, sorrindo, sem me dar conta da verdade por detrás da conversa.

Vovó se incomodou com a frieza do pessoal.

– Desculpem. Sinto tê-los aborrecido com essa conversa enfadonha – ela disse, secamente.

– De modo algum, senhora – acudiu um homem grisalho, de modos gentis. – Não nos julgue mal. É que... Imaginamos o que pode ter acontecido. Compreenda, esse assunto não é mais novidade para ninguém.

– Não entendo o que quer dizer...

Foi então que o homem explicou à vovó que o consultório do doutor Pedro estava desativado havia alguns anos.

– Mas é impossível! – ela retrucou. – Quem era o homem que nos atendeu, então? O irmão dele? – arriscou.

– Temo que não, senhora. O doutor Pedro não tinha irmãos. Era um solitário. Vivia só. Ele morreu há pelo menos 30 anos!

Vovó olhou para o homem com expressão incrédula. Encarou as pessoas na sala e, como elas não se manifestaram, abaixou a cabeça e calou-se.

Naquela mesma tarde, pegamos o ônibus de volta a São Paulo. Vovó permaneceu pensativa durante toda a viagem. Ficara muito perturbada com o ocorrido.

Eu me sentia tão feliz e risonha quanto uma garota pode estar em férias.

O que importava para mim era que meu dente não estava mais doendo. O desconforto havia desaparecido totalmente. Na verdade, parecia nem haver dente tratado em minha boca!

Para mim, não havia mistério algum: eu suplicara por ajuda, e ela simplesmente viera.

Do além.

Os gemidos eram terríveis durante a noite, e pareciam vir da casa da esquina. Seria mal-assombrada?

O cão-fantasma

Era sempre igual. Os gemidos e uivos iniciavam ao cair da tarde e cessavam ao amanhecer. Durante toda a noite era possível ouvi-los ecoando pela rua. Eu sempre me liguei neles, mas nunca havia decidido agir, sabe como é? A gente fica enrolando a decisão, esperando a paciência se esgotar, alguém ter a ideia de ir primeiro e o tempo vai passando sem nada ser esclarecido.

Essa situação perdurou até o dia em que minha prima veio passar uns dias em casa. Ela morava em São José do Rio Preto, bem longe, no interior de São Paulo, mais de oito horas de viagem de ônibus!

Zaine chegou em casa numa terça-feira de chuva e de vento. Era uma garota legal, um pouco alta para 13 anos, tinha cabelos compridos, e era bem intrometida – como a maioria das meninas que eu conheço.

Ela trouxe muitos livros na bagagem, pois gostava de ler histórias de medo antes de dormir. Foi Zaine quem veio me procurar no quarto ao ouvir os gemidos de madrugada.

– De onde eles vêm? – ela quis saber de imediato,

espiando pela janela entreaberta a escuridão que ainda dominava a cidade.

– Sei lá! Deve ser de alguma casa vizinha – respondi, mal-humorado.

– Esquisito... Você nunca sente curiosidade por nada? – ela alfinetou.

– Eu só me meto com a minha vida... – retribuí, me sentindo o máximo. – Além disso, estou com sono!

– Então, eu vou investigar sozinha.

– Tô nem aí...

E a danada da Zaine, por uns dois dias andou xeretando e descobriu o que em três anos de residência no bairro eu nem desconfiava! Ela andou pela rua fazendo perguntas aos vizinhos e guardas-noturnos, anotando tudo em seu caderno de notas, até concluir que na casa da rua de cima, cuja varanda dava para ver da janela do meu quarto, havia uma história de fantasmas para contar.

Zaine ficou radiante com a descoberta!

O caso era o seguinte...

Havia muitos anos, naquela casa morava uma viúva

com seu cãozinho. Ela era uma antiga moradora do bairro, conhecida como Dona Ercília, professora aposentada. Todas as tardes, ela se sentava na varanda do sobrado e brincava com ele, que latia, pulava, fazia algazarra e depois adormecia feliz, aos pés dela. Isso se repetia quase todos os dias, pela manhã e ao entardecer.

Certo dia, ela precisou ausentar-se de casa e, por conta de um imprevisto, demorou a voltar. O cãozinho, desesperado, latiu por horas na varanda, aflito com a ausência da dona. Ele tinha água e ração, mas sentia-se só, tão acostumado estava com o carinho dela.

Na época suspeitava-se que certo morador do bairro, homem inescrupuloso, ranzinza e perturbado, vinha envenenando os bichos de estimação da vizinhança. Nesse dia, ele decidiu fazer o cãozinho se calar para sempre, e jogou na varanda da casa da professora um pedaço de carne envenenada. Aproveitou a hora do entardecer e a ausência de dona Ercília para cometer seu crime hediondo.

– A hora inexata de luz e sombra... – disse Zaine, de forma misteriosa.

– E daí, o que aconteceu? – perguntei, interessadíssimo.

– Ué, não foi você que disse "não tô nem aí"? – ela provocou, zombeteira.

Eu suspirei, derrotado. Meninas são irritantes, principalmente quando têm razão. Supliquei, sem nenhuma vergonha:

– Continue, por favor...

Ela sorriu vitoriosa, depois me contou o final que eu já imaginara: infelizmente, o cão provou da carne envenenada e morreu na varanda onde sempre brincava.

Quando dona Ercília retornou, já de madrugada, encontrou-o duro e gelado. Foi um verdadeiro choque para a velhota perder seu cão desse modo.

– Sujeito maldito! – eu disse, com ar ameaçador.

Zaine fez cara de quem tinha mais a contar. Eu me calei.

– Dona Ercília continuou na varanda da casa todas as manhãs e tardes daquele ano, chorando de saudades como uma criança. Dia após dia, fizesse chuva, sol ou vento, ela lamentava a crueldade feita ao seu cãozinho adorado. Até que...

– Até que? – repeti, fascinado.

– A velhota também morreu – ela disse, secamente. – E foi então que coisas estranhas começaram a acontecer. Dizem que, depois disso, um cão-fantasma chora bem ali na varanda – e apontou o local para que eu visse –, do entardecer ao amanhecer.

– Não é incrível?

– Sabia que os vizinhos também ouvem, vez ou outra, os lamentos da velhota? – disse Zaine, sem se surpreender.

– E a casa, então, ficou assombrada! – concluí.

– Ninguém quer alugá-la. Parece que não pode ser vendida por problemas de herança, de partilha. E já se passaram sete anos! Soube que até os moradores de rua desistiram de invadir o lugar. Falam que há fantasmas por lá. Fantasmas que mordem seus calcanhares.

– É uma história e tanto!

– Mas ainda não acabou!

– Não? – eu disse, surpreso.

– Se eu conheço bem histórias de fantasmas, esse vizinho covarde que se cuide! Qualquer dia desses vamos saber... Não! Vai dar no jornal, algo bem horripilante sobre esses envenenadores covardes de cães e gatos.

– Eles não perdem por esperar! – eu disse, com convicção.

– A mão da justiça do além tem garras! – afirmou Zaine, com olhos faiscando.

Fui dormir naquela noite bem impressionado com a história. Quantas informações minha prima conseguiu reunir em tão pouco tempo! Às vezes, ou melhor... muito raramente, as meninas conseguem ser surpreendentes.

Hoje, quando ouço os lamentos do cão-fantasma que me despertam de madrugada, penso com tristeza na maldade que algumas pessoas são capazes de praticar contra os animais.

Isso, sim, é que me deixa com medo.

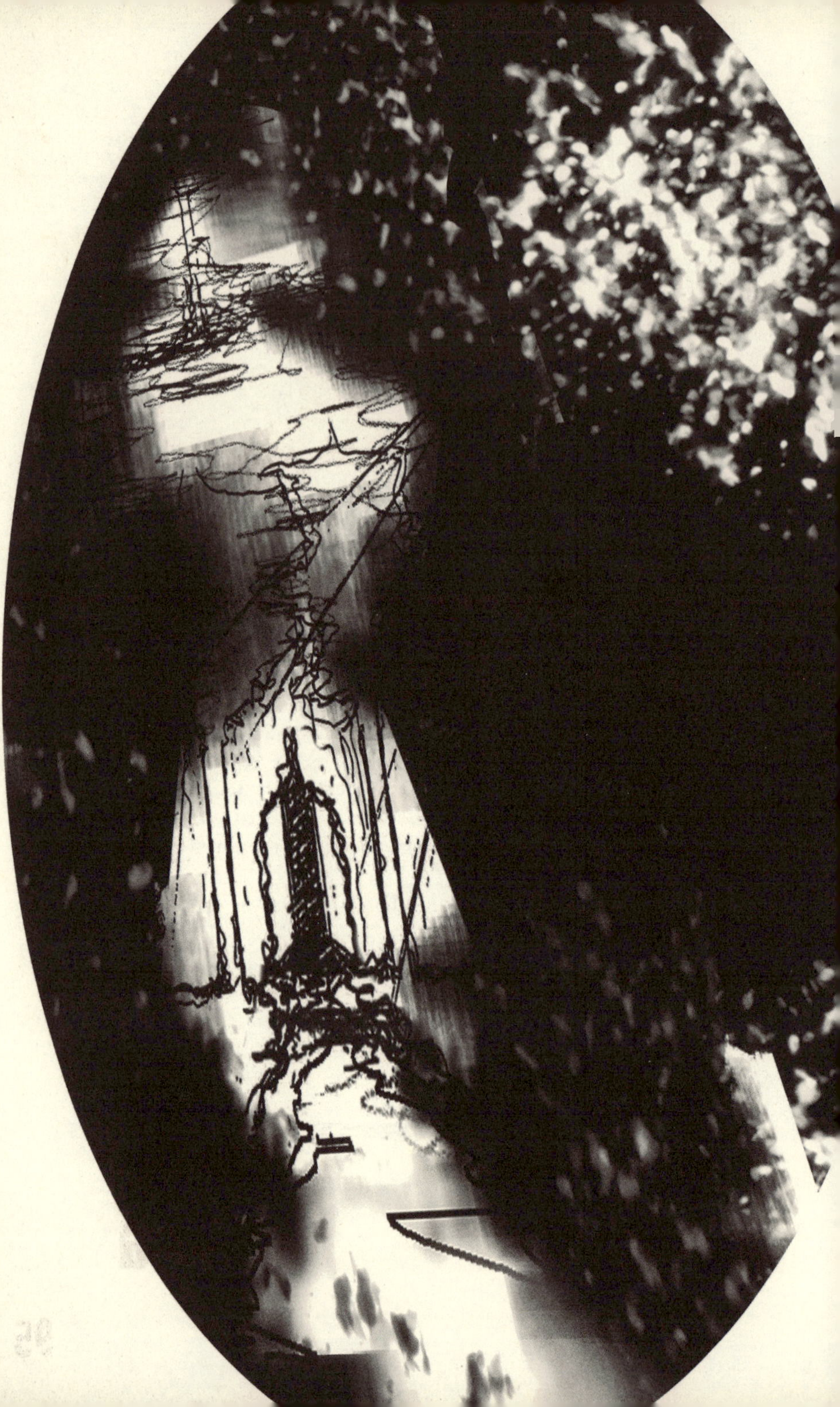

Na maioria das vezes, somos salvos por nossas crenças.

Xamã

Ganhei Tóbi numa tarde de agosto, na festa de meu décimo segundo aniversário. Ele era um desengonçado filhote de pastor-alemão, de pelo castanho e olhos brilhantes. Simpatizamos imediatamente um com o outro. Tóbi seria meu companheiro fiel e, no futuro, cumpriria a função de vigiar e proteger a casa. Tínhamos um sobrado simpático na cidade, mas meu pai decidiu comprar um pequeno sítio como investimento e lazer. Minha mãe ficou muito contrariada na ocasião, mas depois acostumou-se com a ideia de fazer novos sacrifícios pela causa e o apoiou. De modo que viajávamos todo final de semana para acompanhar as obras.

Com o passar do tempo, o terreno ficou pronto e a casa do futuro caseiro foi erguida, com quarto, sala, banheiro e cozinha, que nos abrigou durante todo o verão. Eu podia convidar um amigo para viajar comigo a cada final de semana e juntos explorar o lugar durante o dia e inventar histórias em frente à fogueira, nas noites frias de inverno. Adorava essa parte!

A primeira vez que levamos Tóbi para o sítio foi um

Deus-nos-acuda. Ele choramingou o tempo todo, não parava de latir e fez xixi no banco de trás do carro. Meu pai ficou uma fera e minha mãe quase teve um ataque! Tóbi foi repreendido injustamente, a meu ver. Ninguém compreende um cachorro como seu dono!

Tóbi tornou-se meu companheiro inseparável. E eu me transformei em um garoto muito responsável, sentia prazer em cuidar dele, em vê-lo crescer forte e saudável.

Ele tinha um temperamento amistoso, mostrava-se atento e vigilante. Certa vez, li que o cão pastor tem sangue de lobo em sua ascendência, daí provém sua coragem e espírito de luta: eles podem localizar pessoas feridas ou soterradas por avalanches e serem treinados para levar mensagens, afastar pessoas mal-intencionadas, e ajudar a polícia em diversas tarefas.

Um detalhe eu havia observado: como todos de sua espécie, os cães de guarda não gostam de estranhos; sentem-se ameaçados de alguma forma e costumam reagir com agressividade. Lembro-me bem de quando Tóbi e eu encontramos o velho.

Foi perto do Natal. Meus pais haviam convidado para o final de semana um casal com um bebê chorão e babento, como a maioria dos bebês, de modo que eu escapei depois do almoço para longe daquele "paraíso". Era dezembro, estava um calorão e decidi dar um passeio com Tóbi. Por ali havia casebres de roceiros e natureza pura, um paredão verde que limitava o acesso de curiosos não habituados a percorrer com segurança as trilhas selvagens. Era muito bonito e até um pouco assustador.

Acho que já havia percorrido uns dois quilômetros quando deparei com uma das *portas*. Eu as chamava assim, pois pareciam mesmo um acesso a outro mundo, uma passagem a um lugar fantástico no interior da mata. Surgiam na beira da estrada, repentinamente, exibindo a trilha que desaparecia no interior do labirinto verde.

Aquela, em especial, me deixou curioso a ponto de esquecer tudo o que minha mãe dissera sobre segurança. Tóbi parecia tão animado quanto eu. Vencido pela curiosidade, segurei firme em sua guia e entrei.

O sol brilhava na copa das árvores, no entanto a

temperatura no interior do bosque estava mais fria. Havia uma energia ali, algo onipresente e invisível que pulsava e respirava como um ser vivo. Era como se a alma da floresta nos acolhesse em seu esconderijo, repleto de vida. A trilha seguia no interior da mata e, quando me dei conta, tinha perdido a noção de onde estávamos.

Foi Tóbi quem pressentiu o perigo. Rosnou e latiu diversas vezes enquanto olhava para determinado ponto à direita. Comecei a ficar com medo. O que ele havia visto no emaranhado de linhas verdes? Dei meia volta e comecei a arrastá-lo pela guia. Quando me virei novamente, vi o velho ali parado, nos olhando de modo esquisito. Usava roupas simples e trazia um cajado consigo. Tinha a pele queimada como a dos homens que trabalham na roça sob o sol. Os cabelos, ralos e compridos, chegavam aos ombros. A expressão em seu rosto era indecifrável. Tóbi continuou a latir até o homem fazer um gesto e murmurar palavras estranhas que o fizeram aquietar-se na mesma hora. Eu não acreditei.

– Você andou pela trilha? – ele perguntou, de repente.

– S-sim! – respondi, inseguro. – É propriedade particular?

– Nem todos veem a trilha. – ele murmurou, enquanto se abaixava para colher folhas rasteiras que guardava em uma sacola de pano.

Eu apressei a despedida, meio sem jeito, sentindo-me confuso naquela situação. Ele não me parecia mau, mas eu não podia ficar de conversa com gente estranha, mesmo que fosse inofensiva. Sorri e fiz menção de ir embora, ao que ele disse:

– Até logo, garoto e seu cachorro-lobo. Muito cuidado pelos caminhos. A mata está cheia de surpresas.

Agradeci a dica e saí de fininho, achando o velho bem sinistro.

Nas semanas seguintes, descobri que ele era um nativo solitário, descendente de índios, e vivia nas terras de uma fazenda vizinha. Era considerado uma espécie de xamã local, um curandeiro que tinha conhecimento das plantas da mata e fazia certos xaropes e bruxedos.

"Ele é do bem...", concluí, finalmente satisfeito. Mas nem por isso desejava encontrá-lo vagando pelo mato, à noite. O que eu desconhecia, naquele momento, era que dentro de pouco tempo teria a oportunidade de comprovar minha intuição.

Naquele final de semana meu pai viajara a negócios e minha tia e meu primo Daniel vieram ao sítio conosco. Ele tinha 8 anos e era muito bom em futebol... eu ganhava todas dele! Depois do almoço, eu e Daniel saímos para passear, aproveitando o céu nublado e a temperatura amena. Chamei Tóbi, que veio correndo nos fazer companhia. Coloquei-o na guia, pois tinha medo que se afastasse de mim. Depois de caminharmos um tempo, pensei em mostrar a Daniel a porta mágica da floresta. Para minha surpresa, ela desapa-recera! Tóbi latiu, compartilhando de meus sentimentos.

– O que você queria me mostrar? – ele disse, entediado.

– Não estou achando a entrada da trilha... – murmurei, confuso.

– Já sei! Vamos brincar de exploradores! – disse Daniel – Eu sou o terrível Homem-Folha! – E sem esperar nem um segundo, afastou as folhagens e embrenhou-se na mata.

– Espere, Daniel! – eu gritei, segurando a guia com força. – Tenha cuidado!

Agitado pela situação, Tóbi começou a latir e a me puxar pela guia, para acompanhar meu primo. A correia soltou-se de repente de minha mão e ele sumiu dentro da mata. Em poucos minutos, a situação tornara-se incontrolável! Eu me sentia totalmente responsável por meu primo e, antevendo a confusão que podia dar, fui atrás deles, seguindo os latidos de Tóbi.

Lembro-me de que foram meus instintos que me guiaram até a pequena clareira onde estavam. Havia um grupo de árvores baixas e o terreno, coberto de folhas secas, exibia galhos partidos e arbustos ressecados por toda parte.

Avistei Daniel, parado entre duas árvores, completamente aterrorizado. A seu lado Tóbi rosnava, de olhos fixos em alguma coisa no chão. Logo percebi o perigo: a cobra tinha quase dois metros de comprimento, era marrom e preta e estava pronta para dar o bote. Colocava a língua pra fora, vibrando, ora na direção de Tóbi, ora na de Daniel. Quem se mexesse primeiro levaria a picada fatal. Eu sabia que as serpentes, a curta distância, não distinguem bem as formas do que permanece imóvel, mas acompanham com segurança qualquer movimento feito. De modo que ficar parado era a melhor maneira de evitar o bote.

– Daniel – eu murmurei. – Não se mexa, senão ela ataca você.

– Não vou aguentar! – ele respondeu, choramingando.

– Não se mova! – pedi, desesperado. – Vou tentar desviar a atenção dela, fazer barulho, jogar uma pedra, sei lá... e aí você sai correndo. Tenha cuidado! – eu disse, abaixando-me devagar para apanhar a pedra.

Tóbi rosnou, depois latiu, contrariado. Parecia reprovar minha intenção. Fechei os olhos e rezei para que tudo desse certo...

O que se passou em seguida foi muito rápido.

Antes que eu jogasse a pedra, um vulto alto surgiu de repente no meio da mata, logo atrás de Tóbi e Daniel.

Era Xamã!

Fiquei paralisado em meu gesto. Sem saber como, entendi que não era para fazer movimento algum. Ele ordenou que eu ficasse quieto, e começou a cantar um cântico estranho, em outra língua. Sua voz era forte e alta, e reverberou pela mata, fazendo os pássaros se aquietarem. Tóbi latiu, o que chamou imediatamente a atenção da cobra, que enrodilhou-se, preparando novo bote. No entanto, nada fez.

Xamã passou à frente de Daniel e abaixou-se devagar, sentando-se diante da serpente, enquanto entoava a melodia e fazia gestos. Daniel olhava para ele e para mim, tão assustado que parecia prestes a desmaiar. Vimos quando a serpente aquietou-se com o canto, depois desarmou o bote e finalmente rastejou para ele, movendo-se silenciosamente pelo chão. Eu estava completamente hipnotizado pela cena. Incrível!

Xamã estendeu o braço e a serpente enrolou-se nele, a pele escamosa contorcendo-se sobre sua pele nua, causando-me calafrios só de imaginar seu toque frio.

– *A dama sagrada da mata*... – ele murmurou, sorrindo, fazendo um gesto reverente com a cabeça.

Eu engoli a seco e me aproximei com cautela. Tóbi

estava mais calmo e até sentou-se para esperar. Daniel veio atrás de mim, envergonhado. Ele havia molhado as calças de puro medo!

Xamã passou a mão sobre a cabeça da serpente e ela mostrou a língua para nós.

– Como f-fez isso? – eu gaguejei, finalmente.

– A magia existe.

Ele levantou-se, parecendo um gigante da mata, e despediu-se, desaparecendo na trilha verde.

Naquela tarde, voltamos para casa verdadeiramente assombrados.

Blém!
Blém!
Blé

– Não olhe agora! – disse meu primo. As criaturas estão passando pelo corredor.

O relógio das horas mortas

Na casa da minha tia, um apartamento com dois quartos, sala e cozinha, havia um corredor que ligava a sala à parte interna. Nele ficava um relógio de madeira, desses bem antigos, de dar corda, que soava a cada hora. Lembro-me de ficar acordada à noite, completamente apavorada, com medo de ouvir suas 12 badaladas.

Minha tia dizia que, ao soar a meia-noite, abriam-se as portas do além e, se eu ainda estivesse acordada àquela hora, poderia ver coisas horríveis. Se esse era seu método eficaz para nos fazer dormir rapidamente, sinto muito, não funcionou comigo.

Por mais que estivesse com medo, sempre lutei contra a vontade de fechar os olhos e dormir. Em minha fantasia, aguardava ansiosa e com o coração aos pulos, para ver que coisas terríveis eram aquelas. Todas as vezes esperei inutilmente o soar da última badalada, mas nada vi. Apenas a escuridão do quarto me fazia companhia. Acabava por adormecer, embalada por sentimentos confusos, e tinha um sono agitado, longe de ser reparador ou tranquilo...

Certa noite, eu e meu primo ficamos acordados até mais tarde. Antes de sair, minha tia profetizou:

– Não fiquem de bobeira! – jogou um beijo e, antes de sair, acrescentou: – Não quero ninguém com preguiça amanhã, porque ficou acordado até tarde ouvindo as 12 badaladas! Volto no tempo combinado.

Meu primo dizia que aquela história do relógio era antiga na família, da época da minha bisavó. Parece que, certa vez, ela se encantou por um caixeiro-viajante, lá na cidadezinha onde morava, um moço bonito que chamava a atenção por onde passava. Mas o pai dela não queria ver o homem nem pintado de ouro! Dizia que era um forasteiro, um zé-ninguém aproveitador. Esse amor adolescente não teve chance nem de começar, para a tristeza dos enamorados, ficando apenas nos seus corações.

Entretanto, antes de desaparecer da cidade com medo de levar uma surra, o moço mandou entregar um presente na casa dela, o tal relógio de dar corda, feito de madeira nobre, com tampo de vidro e números dourados. O cartão dizia, em letras caprichadas, que o tempo não representava nada diante do amor verdadeiro, que esperasse por ele... algum dia.

– Que história triste! – eu disse, com vontade de chorar.

– Ah, mas você não sabe de nada! – emendou meu primo. – Tempos depois, soube-se que o moço havia morrido de tuberculose, durante uma viagem mais longa.

– E a bisavó ficou com o presente dele?

– Sim! Guardou-o como se fosse um tesouro, longe do olhar de desaprovação do pai. E depois que ela morreu, esse objeto passou pra vovó que também cuidou dele, e ao se casar, a mamãe pediu que fosse dado a ela como presente. Com ele, veio a lenda, geração após geração. Vovó dizia que era o relógio das horas mortas, pois marcava o tempo de amor perdido.

– Que tia corajosa!

– Por quê?

– Ele não é maldito?

– Não! Para mim, é apenas um relógio de parede antigo que pertenceu a um moço que morreu apaixonado, longe de sua amada.

– Mas isso é terrível! – eu disse, preocupada. – Por acaso, a amada era nossa bisavó.

– Agora vamos dormir. Posso apagar a luz? – sugeriu meu primo, com um sorriso zombeteiro.

Dei de ombros. Decerto ele pensou que eu estivesse amedrontada com a história, mas, naquela noite, fui dormir com outra ideia na cabeça. Decidi ficar acordada e simplesmente vigiar o corredor, mesmo depois de ouvir soar as 12 badaladas. Afinal, a história não era tão assustadora assim. E se houvesse um fantasma, eu teria pena dele, não medo... acho.

A casa estava silenciosa. Minha tia não havia voltado. Suas aulas começavam depois do jantar e acabavam pouco antes da meia-noite. Meu primo acordava bem cedinho para ir à escola, já dava pra ouvir seu ressonar na cama de cima.

Sempre que meus pais viajavam, eu ficava com eles. Nós dormíamos em um beliche no quarto do meu primo, ele em cima e eu embaixo, pois tinha medo de ter pesadelo, virar e cair lá do alto.

Nessa noite, deixei a porta do corredor entreaberta, de modo que podia ouvir claramente o tique-taque do relógio, indicando a passagem contínua do tempo. Era sinistro o modo como aquele ruído era capaz de hipnotizar a gente e induzir ao sono, quase por encanto...

Despertei ao ouvir a primeira badalada. O som ressoou pela casa vazia, às escuras. Eram 11 horas ou meia-noite? Ajeitei-me na cama, alerta, e, tremendo, contei 2, 3, 4, 5, 6, 7, 8, 9, 10, 11... e antes que a última badalada fosse dada, senti um vento frio penetrar no quarto, embora estivesse com as janelas fechadas. Era outono e as madrugadas podiam ser muito geladas no apartamento, onde o sol só batia pela manhã. Puxei o cobertor até o queixo, sentindo um calafrio, e estiquei o corpo sem deixar os pés descobertos, pois não queria deixar nenhuma parte do corpo à mostra.

Ao soar a 12ª badalada, indicando a meia-noite, espiei o corredor pela fresta da porta entreaberta, esperando ver algo. Uma tênue luz iluminava o lugar, provavelmente vinha da janela do banheiro. Alguém esquecera de fechar a porta! Sorte minha contar com a claridade amiga. Agucei meus sentidos e esperei, com a respiração entrecortada.

Um ruído me chamou a atenção. Um estalo seco. "Talvez a madeira ajustando-se à temperatura que abaixava", pensei. Mas me pareceu ouvir outro som, um leve farfalhar, uma impressão de movimento. Comecei a ficar impressionada. O relógio era mesmo assombrado?

E se o fantasma do caixeiro-viajante não fosse tão cavalheiro quanto se supunha? E se ele ainda rondasse o relógio, para provar seus sentimentos à minha bisavó? E se sua alma clamasse por vingança pelo amor irrealizado? O que seria de mim, pobre bisneta indefesa?

Quando vi a porta do quarto balançar suavemente, como se desse passagem a alguém, comecei a tremer e cobri a cabeça com o cobertor. Retesei o corpo e fiquei imóvel, tão tensa que os nós dos dedos das mãos latejavam.

Ao sentir a cama balançar, soltei um grito que deve ter acordado toda a vizinhança. Meu primo surgiu de repente a meu lado e quase me matou de susto ao tentar desfazer a bagunça que eu havia feito com as cobertas na cama, me enrolando nelas.

– Calma! – ele dizia. – Sou eu! Sou eu!

Eu estava atordoada, quase sem ar pra respirar. Precisei tomar um copo de água com açúcar e demorei um tempão para me acalmar. Então, fiquei sabendo que meu primo havia levantado um pouco antes para ir ao banheiro, enquanto eu dormia, e tentara voltar pra cama sem fazer barulho e me acordar. Eu havia despertado sem perceber que ele não estava mais no quarto.

Fora tudo um engano, uma situação banal que eu interpretara de modo assustador... desta vez. No entanto, percebi algo bem valioso em tudo isso: até uma história de amor também pode ser bem fantasmagórica.

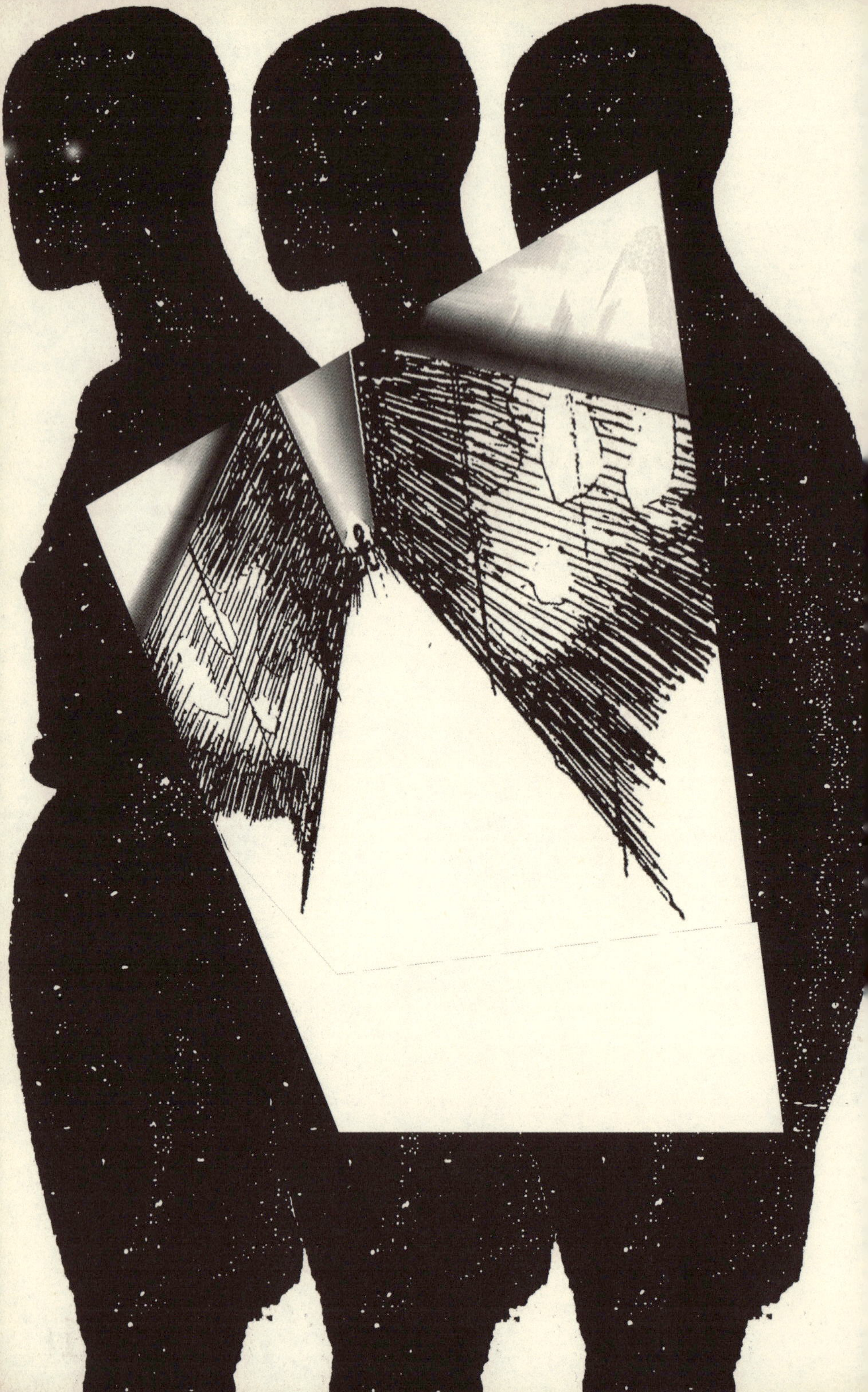

Eles se arrastavam, com olhos estagnados e ausentes, um bando de gente sem alma, dia e noite adentro.

– Vocês não vão acreditar em mim.

– Deixa disso, cara. Conta aí a sua aventura – disse Beto, todo empolgado.

– Já está no seu *blog?* Já foi pro ar?

– Estou tendo problemas pra acessar... – desconversei, meio sem jeito.

A turma é legal. Apesar de ter uns caras que zoam com a gente... e são sempre os mais velhos. Eu não tenho preconceito, mas confesso que são difíceis de lidar quando estão a fim de encher!

– Tá legal! – eu disse, pra me ver livre. – Vou postar a história toda, mas não fiquem de zoeira comigo.

Tudo isso aconteceu por conta do meu *blog*. Hoje em dia, não há divulgação melhor pra fazer uma história rolar e muita gente ficar sabendo dela. Topei a parada, como parte de um trabalho sobre comunicação que fiz na escola, nas aulas de informática. Tive a ideia de montar um *blog* que postasse temas estranhos, que fosse um espaço pra narrar experiências sobrenaturais que alguém tivesse vivido. Comecei com minha própria história, uma verdadeira história de terror...

09/05/2011 – Que saco!

Meu pai trabalha no *shopping* como vitrinista, o cara que monta e veste as manequins que ficam nas vitrines das lojas. Uma noite, precisei ir com ele ao trabalho porque haviam feito dedetização em casa e eu não podia ficar por lá com aquele cheiro horrível, sou alérgico e coisa e tal... Muito bem. Todo mundo sabe que esse tipo de trabalho rola à noite, depois que o *shopping* fecha, de modo que tive de ficar de bobeira por lá, madrugada adentro. Fiquei ocupado nas primeiras horas, olhando as roupas e os produtos expostos, e até dei uma ajuda pra forrar o chão das vitrines com veludo e coisa e tal... Até ficar entediado. Lá pelas tantas, quis comprar um refri e meu pai me disse que só no andar de baixo havia uma daquelas máquinas, tipo pegue e pague. Pedi um troco pra ele e saí andando.

10/05/2011 – Muito louco!

O *shopping* que meu pai trabalha é dos grandes. Possui quatro andares de lojas e três garagens na parte inferior. É loja que não acaba mais! Desci a escada rolante, andei até a metade do quarteirão, num corredor lateral, e contornei a esquina. Dei de cara com um dos vigias fazendo a ronda do andar. Troquei ideia com ele, mas nem disse o que estava procurando. Ele é um conhecido do meu pai, mas não gosto de dar moleza com gente estranha, sabem como é. Então, joguei um tchau e fui pra meu canto. Encostada à parede do banheiro, lá estava a máquina que eu procurava... quebrada! Não acreditei. O vigia já tinha descido a escada e nem ia adiantar ir atrás dele procurar informação. Eu sabia que havia outra daquelas, em outro andar. Decidi descobrir qual.

12/05/2011 – Me ferrei!

Pois é, a gente pensa errado e faz m...! Quando me dei conta, estava perdido. Vocês vão dizer: perdido, como? Eu respondo: perdido mesmo! São tantas lojas, muitas vitrines e aqueles manequins sinistros... Eu nunca gostei de manequins, sabe? Parece gente morta prestes a retornar. Comecei a me encanar com aquilo. Para onde eu olhava, lá estavam eles olhando de volta pra mim. Me dava nos nervos! Parei e pensei em voltar todo o caminho, me sentindo um verdadeiro otário. Nem imaginava o que estava pra rolar.

14/05/2011 – Assombrado!

Se você já ficou perdido num estacionamento de *shopping* com sua mãe, sem saber exatamente onde o carro está, sabe como é olhar de um lado a outro e não ter orientação. Tudo parece igual. Isso acontece porque ninguém se lembra de olhar a placa que indica o setor, o andar, a letra ou número, nem mesmo um detalhe que daria a pista na hora do aperto. Pois eu me encontrava nessa situação idiota. Eu repetira o mesmo erro! Mancada total. Resolvi ir em frente, para o andar de cima. Talvez perto da praça de alimentação tivesse outra máquina de refri. Quando terminei de subir a escada rolante (que estava parada, claro) para o andar de cima, entrei num corredor largo que se encontrava completamente vazio e pouco iluminado. Às vezes há pessoas que trabalham na limpeza do piso e dos banheiros e também ficam até mais tarde. Mas não havia mais ninguém por lá. Tudo no completo silêncio. Nesse momento, tive uma sensação estranha, pressenti uma espécie de mudança, como se as coisas não estivessem mais no lugar certo. O tempo, de alguma forma, havia se alterado. Percebi uma impressão de movimento que progredia do lado oposto do corredor, vindo em minha direção. Parei e olhei com atenção. Eram vultos.

16/05/2011 – Gente estranha.

Como pode um bando de gente estar à essa hora no *shopping?* Eram 3 da manhã! A última sessão de cinema tinha acabado há um tempão. Mas o estranho mesmo, era que os vultos não faziam barulho, não estavam conversando, rindo ou batendo o salto dos sapatos no piso de mármore travertino. Eles deslizavam. E havia vultos altos e menores, como se fossem adultos e crianças. Parecia uma procissão maldita. Recuei, pensando no que podia fazer. Fiquei pensando o que seriam, como podiam, o que estariam fazendo ali, àquela hora. Algo me disse pra ficar esperto. Olhei em volta rapidamente, pensando em me esconder no banheiro. Logo me lembrei da história da loira sangrenta e desisti.

18/05/2011 – Fuja!

O bando se aproximava com lentidão mórbida. Eu estava assustado, mas não podia compreender o que era aquilo. E vocês sabem, numa situação como essa, parece que a mente vacila e ficamos paralisados, esperando eternamente pela ordem de fuga. Pois bem, ela veio bem mais tarde. Veio direto e reto quando o primeiro vulto do grupo passou por mim. Tinham uma aparência translúcida, transparente como fantasmas. Vestiam-se como humanos, agiam como humanos, mas, não, seguramente, não eram humanos. Seus olhos estavam parados, fixos, sem expressão. As bocas eram estáticas, mas juro que vi alguns babando e sorrindo malignamente para mim. Tinham o olhar vidrado e se arrastavam feito zumbis! Passaram por mim sem me enxergar... Homens, mulheres e crianças... Aquele bando se arrastava pelo corredor do *shopping*, como se fizessem compras no mundo do além!

No momento em que percebi qual era a encrenca, saí correndo o mais rápido que pude.

20/05/2011 – Tô fora!

Corri por todo o corredor sombrio, apavorado com a ideia de ser perseguido pelo bando de zumbis sugadores de cérebros adolescentes. O *shopping* estava vazio, nem mesmo o vigia eu pude encontrar naquele andar. Todas as lojas pareciam iguais. Disparei pela escada rolante e quase caí de medo, tropeçando nos próprios pés. A sede secava minha garganta, eu estava morrendo sufocado! E ainda tinha a sensação de ser vigiado pelas criaturas horrendas. A qualquer momento, podiam pular sobre mim. Ao contornar o final do corredor, dei de cara com a máquina de refri. Maldita! Logo agora que eu não podia perder um minuto! E meu pai? Será que estava em segurança? Ou os zumbis haviam sugado seu cérebro? A sede falou mais alto. Tirei as moedas de dentro do bolso da calça, inseri na abertura e esperei, olhando para os lados, nervosamente. A máquina havia emperrado. Transtornado, comecei a bater e a chutar, até que a lata deslizou da prateleira, rolou e caiu na parte de baixo. Nada como um refri gelado.

22/05/2011 – Que mancada!

Bem na hora em que eu ia saborear a bebida dos deuses, senti um tremor do lado esquerdo do peito. Era como um choque, um sinal de que eu estava irremediavelmente perdido. O tremor continuou e uma espécie de campainha começou a soar bem alto, bem perto de mim (o alarme de incêndio?). Não! Era meu celular. Atendi e vi que era meu pai, preocupado, querendo saber por que eu estava demorando tanto, afinal. Fiquei surpreso. Gaguejei alguma coisa e disse que já estava voltando.

Se foi alucinação da puberdade eu não sei. Só sei que vou dar um tempo nesse trampo. Sinto muito... Tô fora, *brother*!

E foi essa a história que me rendou muitos acessos no *blog*. Podem rir e duvidar. Não me importo. Aconteceu comigo. *It happens to me, yeah!* Da próxima vez que forem ao *shopping*, prestem atenção.

E se tiverem alguma história arrepiante pra contar, acessem o *blog*, www.fantasmagorias.com.br

Fui.

Autora e obra

Cresci ouvindo histórias fantásticas nas noites de lua cheia, sentada diante do fogo. Lembro-me de ficar estranhamente dispersa ao passear pelo bosque que contornava a casa na fazenda em que passava férias quando menina. Tinha a nítida sensação de que as árvores me observavam e criaturas da floresta espiavam meus movimentos, ocultas entre as folhagens. Pura fantasia.

À noite, o silêncio e a escuridão invadiam o quarto e minha mente tecia enredos enquanto lia e sonhava com histórias de terras distantes, repletas de aventuras e magia, capa e espada.

Muito conversei com meus alunos sobre o valor da literatura e das inúmeras emoções reservadas a quem ousasse se arriscar pelos labirintos da palavra, da descoberta compartilhada.

Dessa infância, trago o legado dos encantados e a necessidade premente de verde, mata e florestas, sempre ricas em mistérios e extraordinárias viagens.

Trago também essa imensa fome de histórias, sonhos e fantasia – sem companheiros leais como esses, eu nunca seria feliz.

Este livro de contos fantasmagóricos nasceu de um desafio que lancei a mim mesma, por puro prazer. Escrever histórias sobre medos imaginários e vasculhar a alma, resgatando temores imponderáveis, me rendeu agradável exercício de criação, cujo resultado, espero, seja atraente aos sentidos dos leitores, como se fosse quente refeição oferecida num dia frio e chuvoso: variada, colorida, deliciosa e... nem um pouco *light*.

Diga você, qual dos sabores lhe agradou mais.

Flávia Muniz

Conheça minha casa na floresta: www.flaviamuniz.com
Também participe do *blog*: www.fantasmagorias.com.br

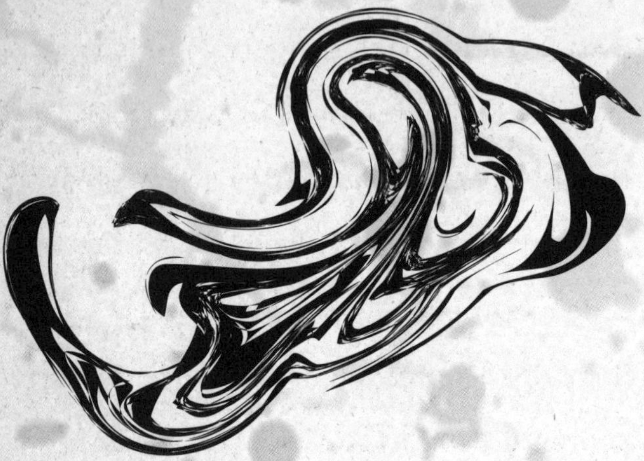